andré piñero

é professor por formação, poeta por tentativa e inúmeras outras ocupações por sobrevivência. Teve um poema publicado na *Coletânea de Poesias Prêmio Sesc de Literatura Carlos Drummond de Andrade*, Edição 2018, do Sesc do Distrito Federal. *Copo americano* é seu primeiro livro. Até então, a única coisa mais próxima de literatura que escreveu além destes poemas foram boletins de ocorrência policial quando trabalhou em uma delegacia de periferia. Nasceu em 1987 em Belém do Pará. Atualmente reside na capital do Amazonas, Manaus.

COPO AMERICANO

andré piñero

editora Urutau
primeira edição
2021

O —

editora Urutau

avenida peirao besada, 6 – 2D
36163 poio-pontevedra
(espanha)

rua maestro demétrio kipman, 210,
jardim américa, bragança paulista — sp,
brasil
12902-130

[+55] 11 94859 2426 [brasil]
[+34] 644 951 354 [galiza]

www.editoraurutau.com.br
contato@editoraurutau.com.br

[EDIÇÃO]
debora ribeiro rendelli
[COORDENAÇÃO GRÁFICA]
tiago fabris rendelli
[PROJETO GRÁFICO]
wladimir vaz
[REVISÃO]
marcella sarubi
[DIAGRAMAÇÃO]
victor h. azevedo
[CAPA]
victor h. azevedo sobre fotografia dos irmãos kilburn

dados internacionais de catalogação na publicação (CIP) de acordo com ISBD

piñero, andré
P649c copo americano/ andré piñero. - bragança paulista, sp : editora urutau, 2021.
104 p. ; 14cm x 19,5cm.

ISBN 978-65-5900-151-4

1. literatura brasileira. 2. poesia. i. título.

CDD 869.1
2021-3916 CDU 821.134.3(81)-1

elaborado por odilio hilario moreira junior - CRB-8/9949

sumário

O DILÚVIO ATRAVÉS DOS SIGNOS DE ÁGUA

*

*   *

TRIMESTRES

abril limpa os pés no tapete

roí as unhas para nutrir o tamanho das veias
e cortei teu cabelo sem pudor algum
na automatização do piscar
senti a estrutura de uma raiz
sem pensar na encruzilhada
sem tentar o gosto de ferrugem
comparando com a saliva que eu coloco nas grades
e que aparece vez ou outra
no travesseiro de qualidade melhorzinha

me fala um pouco dos problemas da tua casa
do prato mal colocado na mesa
das máscaras que tua mãe costura
e de como teu irmão não existe
antes que o terremoto destrua as periferias
pontualíssimo

lembra quando a gente
disse que ia sair dessa?
lembra das placas tectônicas
sob os pés da nação?

eu assisti ao filme que tu me pediste
com o descompromisso de uma sessão da tarde

no último dia da minha vida
mas não era essa tua intenção
meu joelho descobriu antes de mim
e agora meus olhos decifram cada fiapo
que estrutura o chão
alguns daqueles fios ainda estão aqui
confusos entre cílios e o espaço
percorrido pelo adeus
mas, didaticamente,
as raízes foram todas destruídas
pelo ministério da saúde

maio senta na beira da cama

o conceito de verticalização nada tem a ver
com me arrastar pelas paredes por horas

o frio das tintas versus a paixão
são o contraponto entre a tua herança
e a parcela do cartão que não foi paga
porque tinhas certeza que o tempo estava passando
de uma forma subnotificada
eu abro a carteira e as paredes estão lá
o meu espelho é feito de tijolos também

a janela não abre
não corre
nem range

ela é estática como coluna de uma casa
que sustentaria uma família inteira
bem mais que os auxílios governamentais
ela é estática como coluna de uma casa
que te abriga enquanto me olhas
sem dizer uma palavra
contando mentalmente o tempo
e voltando os olhos aos rodapés

mas isso já tem dois meses
e esclarece o estranhamento dos homens
sobre acabamento
e a solidão insistente
pois de outra forma
não teria arquitetado a cidade que nos divide
a exatidão do delivery
e a seleção natural que ocorre intensamente
mediada pelo balcão da cozinha americana

o tempo é concreto e a timidez é suficiente
para não ter perguntado as horas
quando isso era possível

junho esquece a diferença entre ir e vir

o movimento da porta fechando
não propagou ruído algum
apenas um balançar insatisfeito na folhinha
de santa Bárbara
um vento residual
que espalhou doença e esquecimento
e que não combina com meu pulmão

as mensagens são instantâneas
mas o tempo não

eu falo sobre saudade
só pra sentir a reverberação
os sinais de telefonia móvel
desdenham desse soletrar
⊘ *esta mensagem foi apagada*
a descamação das telas
a consequência nos dedos
um peixe fora d'água
que no fundo no fundo
profundo demais pra respirar

e isso é a morte
que a gente nem deveria ter visto ainda
graças aos sinônimos desprezíveis
e a ventania que acaba com a comunicação
e os jornais esqueceram
as cidades esqueceram
e a gente mesmo esqueceu

e o que dizer do país
que mal sabe ler
quanto mais lembrar
então a gente mente
mente que sabe
mente por mais algumas coisas
que também reverberam
fingindo que é liberdade
gramática básica, políticas públicas
deus ou três novos contatos

e as fotos consumidas
pelas rupturas nas digitais

que sentem a sua falta

mas só os aplicativos podem definir
o amor
como a sombra projetada por uma sombra

A DECADÊNCIA DOS JORNAIS IMPRESSOS

correspondência ou registro de atendimento

H,
encontrei o psicólogo hoje
e ele me falou uma parcela de apocalipse
as outras eu paguei no débito

nos desencontramos nos bares
e isso só é possível porque
muita gente quer sua
cerveja
confundindo espuma com
um mar
muita gente quer tomar
seu lugar no lado
do quadrado social
muitos calculando a distância do insight
para a confusão
sem ao menos conhecer os itinerários preciosos
dos mototaxistas
e o que eu só queria
era o vértice impreciso
aquele lance gago
quando eu não conseguia disparar o nome
daquela mulher

desistindo de 70% de amizade
mais uns de sabedoria
e perdendo as aulas de legislação

teve chuva, claro
nossa cidade é famosa pelo clima chuvoso
e pela contagem de corpos
nos bairros populares
teve um monte de música também
e literatura
que a gente poderia ter escrito
se não estivesse discutindo
os gostos intragáveis
e a procedência duvidosa
de todos os meus problemas

e quando sequei
no guardanapo, te escrevi
o pergaminho antes de Cristo
entender o Império Romano
porque pela higiene,
matei gente boa
e perdi um pedaço do pênis e amor
tratando vida como filme e
perdendo o tempo todo sem saber
a gente apanhou

resumo a terapia
em formulários de matemática

eu levo a minigramática amanhã
e você me dá uma foto
do seu filho

sendo réu e plástico-bolha,

seu amigo

os furos dos barcos e as crianças que saem primeiro

a engenharia civil planejou toda a autodestruição
a engenharia de computação, a autodepreciação
já o direito deve se transformar
em uma igreja neopentecostal na esquina
em breve, mas enquanto isso
conversamos nos intervalos destinados a respirar

esse tempo todo é emprestado
e enfiávamos garrafas de bebida
em bairros não permitidos
mas pensa nos bolsos
no milagre do pão
e em um pouco de coragem para mascarar
aquele halitozinho bêbado
adiante

nossos pais sempre estarão em casa
ainda fugindo dos próprios pais

a noite já foi azul e púrpura
a plataforma de vídeos era a lei
e as profissões eram escolhidas na sorte
escorregadias como látex
escorregadias como toda a tentativa

mas agora acabou

suplícios com aroma de hortelã

alguns de nós estão de quatro

e o animal cioso está enjaulado

a sensação de perder
não foi o melhor do que eu quis para você
agora as janelas de algumas casas da vizinhança
exibem reprises
programadas por analgésicos e términos
e algumas emissoras que tentam lembrar de nós

a anestesia é algo antinatural
como as engenharias
como os sistemas de ingresso no ensino superior
e como as TVs de tubo

todo esse entretenimento
permanece idêntico
não àquela vez que a gente disse sim pra tudo
mas sim ao dia seguinte e a coordenação motora incapaz
riscando em traço único
uma prancheta de Rorschach
deixa eu assinar teu diploma
e te explicar meu contracheque

com a educação
do luxuoso prazer de sorrir apenas para mostrar
que ainda tem todos os dentes

ralo

os esgotos que fogem das estações de tratamento
escorrem pelas goteiras de meu conjugado

o rio tem medo de desaguar

o país está em chamas
mas as centrais de ar trabalham incansavelmente
para disfarçar o calor
alguns têm o ventilador arno e as liquidações
em todo o setor de frios do supermercado
e eu tenho a umidade das notícias
eu tenho os mesmos canais

uma música antiga diz que
o novo sempre vem
mas eu tenho certeza que isso não envelheceu
muito bem
os velhinhos nas portas de suas casas
na verdade nunca
tentaram vencer a sujeira das ruas

eu tento furar a greve de ônibus
para encontrar minha dignidade

eu tento não chorar no banco de passageiro
de um motorista de aplicativo
ele se alimenta de balas e esperança
e me oferece desculpas que não sejam tentar
o olhar impiedoso dos caixas eletrônicos
e você
a verdade nas filas de prioridade
e você
a mensagem não escrita
e você
e o país
parece que vai haver uma guerra
o hino nacional mais alto que a música pop
bandeiras mastercard
e velhinhos armados finalmente
mas não é de bom tom
combinar verde
amarelo
e sangue
e nem se esconder no trabalho
afinal meu chefe disse que as coisas
vão melhorar a partir de agora

uma grande onda invadiu a cidade
mas ninguém olhou pela janela
pra confirmar se era rio
ou goteira
e assim os bairros mais pobres
foram dizimados ou convertidos

em investimentos
enquanto trabalho

e no caminho de casa
aprendo a ignorar a previsão do tempo
porque ele nunca passa
e nunca chove por aqui
apenas inunda
e pedir a proteção do cadeado do portão
e da boca aberta no noticiário
que também tentam
descansar
no lugar do motorista

uma palavra
nada
para o país

siameses in vitro

meu irmão mais sombrio
eu sempre te chamo e te odeio
tuas camisas mal ajustadas de fome
e a sujeira daquele óleo de soja
teu nome-dor com letras agressivas
geralmente tremedeira é a causa
e o vigor é consumido pela
falta d'água
você me acompanha e
o caminho é até bonito
as luzes de um engarrafamento
cheinho de despedidas

tenho sabor ruim, coma meu tórax
algo permanece entre o tártaro
e a ressaca de dois dias
que não é a melancolia

muito medo de abrir a porta do quarto
muito medo que o sol mate
a flor da idade

pois temos a mesma idade
e eu sou mais velho

escolhemos as mesmas mulheres
e o gosto azedo na boca
que não é fim

e as crianças que não puderam,
apodreceram adultos

a parte do livro em que o poeta fala sobre poesia

o mal do poeta é escrever sobre poesia
é o processo de não querer fazer novos amigos
lembra nossos colegas de escola que
não saíam pro recreio
como se todo mundo assinasse a mesma newsletter
desde a invenção dos correios
e você liga pra sua mãe e pede a receita do feijão
lembra do seu pai cozinhando drogas
com isqueiro e colher
mas isso não engaja no instagram
então conversa com sua última transa
sobre os problemas do país
e ela lhe fala da dificuldade de pagar uma escola
se vocês tiverem filhos e você
lembra dos colegas de escola que não saíam pro recreio
e sobre a decadência do teu grupo de amigos da faculdade
no momento em que o volume da caixinha de som
distorce a necessidade do matrimônio
os mesmos amigos falam de sexo como se fosse brincadeira
e suas amigas reclamam disso
você é um homem sem língua
por isso que está solteiro
e escreve poesia

algumas pessoas estão dispostas a ser românticas
eu fui para escolas públicas
universidades públicas
postos de saúde
seccionais
regionais
e não aprendi o que deveria sobre isso
essas mesmas pessoas parecem ter medo do sol
mas não da beleza dos flashes
que por sinal é assustadora
como uma reunião de condomínio
os estacionamentos são tão escuros
e quase nunca aparecem nos comerciais de automóveis

a minha dificuldade é de me enturmar
com os autores da minha estante
queria escrever uns trechos maneiros
em inglês
mas em escola pública
nunca ultrapassamos o verbo to be
no máximo a gente bebe e
fala de cigarros tipo
cowboys
talvez isso ainda venda
com alguma moeda que não seja do século XX
já pensou que legal
usar as palavras "pictórica"
e "tessituras"
uns troços bonitos de revista de literatura

como se eu ainda estivesse na faculdade
lendo Ana Cristina Cesar
e não enfurnado na minha quitinete
que aliás é a única vivência
presente neste poema
porta, cama
cama, porta
balcão de cozinha
ônibus
balcão de serviço
ônibus
e alguma mulher
que quando não balbucio traumas familiares
me diz
"por que você não fala sobre seus traumas familiares"
minha filha
ou eu pago a terapia
ou eu pago o aluguel

e ela diz que eu trabalho demais
e estou sofrendo de burnout
se burnout tiver a ver com fogo
eu quero incendiar
a porcentagem mínima da cidade que
lê poesia
em seus apartamentos

equações ordinárias de segunda ordem

um grande feriado me beija na boca e eu não sinto
os sacos plásticos estão no chão
meus amigos estirados e eu também
em panos de cama da lojinha de importados
você diz que "tudo vai se resolver"
mas a equação está exposta em um papel cruel
que não absorve nossas canetas
posso incendiar a casa toda
e resgatar apenas a espera
posso me dividir em telefones celulares silenciosos e a cabeça
partes do meu corpo que não teriam culpa alguma
uma amiga diz que não acredita em mim
meu pai me abandonou
os continentes não se movem há muito tempo
e hoje ainda é feriado
um saco de lixo reprovado ao sol
da cidade quente e úmida
ou inferno
só pode derreter
revelando vários livros de matemática
do ensino superior
e intimidade
eu não preciso mostrar a língua pra falar do cansaço

eu não preciso do grego e da tabuada
uma incógnita não deveria ter mais de um valor
e músicas
mas você ainda tem tempo

odiar alguns números nem sempre é o correto
mas dizem que três é demais
enquanto eu brinco com a derrota
você perde o show que é o paradoxo
do copo meio cheio/meio vazio

o último editorial

o tanto que eu queria utilizar
a palavra magazine
o tanto
seria a salvação de um mercado
de decadência
e jornais impressos
só para dizer que te folheei
até minhas digitais ficarem grossas
dificultando qualquer aplauso
mas reconheço ilustrações bonitas
e alguma entrevista
informação só é demais
em uma situação
seção de jogos e de talvez
seção de drinks, não brindes
mas guardo somente as anedotas
da última página
como aviso

tutoriais de maquiagem

a grande ruptura no meu caráter
é apenas procurar beleza em todas as mulheres
e homens que cruzam o meu caminho
descontraidamente
o semáforo perde suas cores
e eu sinto muito por todos os significados
da palavra apenas
dizerem tão pouco
isso corrói as estruturas de algumas famílias
e ergue outras
e mesmo que minha mãe diga que eu poderia ser qualquer coisa
as propagandas do youtube dizem também

mas a beleza acaba e
talvez por isso exista todo esse
problema
um cheiro característico de cupim
e de vídeos de maquiagem

a beleza é frágil bem como a memória
pensa na cor amarela do semáforo
pensa na madeira desmoronando por dentro
ambas mentem pra ti como os amantes

que não esperam o momento certo
isso corrói as estruturas de algumas famílias
e ergue outras
a memória é a herança que não paga nossas contas

e os homens só ofertam sentimentos
nessa feira de fragilidades
nas ruas fechadas pelo governo municipal
porque meu pai disse que homens são fortes
e que aguentam aquelas estruturas
e regras

já as mulheres fortes
estão solitárias
o que dirá das mulheres feias
e que também têm regras

a culpa deve ser do meu pai
ou da prefeitura
e não minha

tom hanks

enterrei deus na areia
e disse que ele era um tesouro
deixei as chaves do lado de fora desde ontem
as trancas de algumas portas
são um pedaço de madeira bem firme
pra espantar qualquer superstição
das minhas são uma farpa
palitinhos de discussões entre familiares
o chão ainda está úmido pela falta de saneamento básico
mas o que vem em ondas
sempre acaba sem rastro
a boca amarga
comendo bombom de açúcar e
abelhas para sentir mel
e de repente
a dúvida vem, repousa em meu sexo
e masturba minha verdade

pessoa número 68

não chega a ser um problema
que a internet seja a única forma
de viver pra sempre
mas eu apaguei todas as nossas conversas
porque eu sou descuidado
minhas mãos se manifestam através
da tremedeira
e da falta de afeto
porque nós somos homens
e eu te deixei morrer

naquele dia eu te vi apaixonado
por outra mulher que não era a sua
mas eu não disse nada
eu gostei de te ver
sentindo alguma coisa que não lembrasse
desespero
porque a confidência dos homens
e o declínio da civilização
estão sempre avançando
e tem tudo a ver comigo
a culpa abandonada no tapete da porta de entrada
a vitória nos sites de relacionamento
depois dos 30

atropelamos algumas temporadas históricas
com teu carro alugado
mas você foi para uma trincheira no meio da Amazônia
e eu fui para uma livraria no centro da cidade
o download nos uniu para além
da falta de emprego
o teu carro deveria ter uma TV no banco detrás
porque sempre tinha alguém lá
mas isso nada tem a ver com solidão
tem a ver com falta de grana
e eu gostei de te ver
matando o tempo
com alguma arma que não fosse a sobrevivência

e também tem tudo a ver com
o momento que você estaciona esse mesmo carro
antes de entrar na sua casa
e ouve aquela música que poderia
derrubar tua masculinidade entre o grupo de amigos
Marina disse que
"você me tem fácil demais"
ignorando o momento em que
eu chorei
no único compartimento vazio da minha casa
em uma outra cidade cheia de ruas altas
ruas baixas
e que nada tinham a ver com montanha-russa
os outros cômodos você ajudou a encher
com histórias de brigas de rua

e cheiro de cerveja
tão lotados que fica difícil respirar
mas você sabe muito bem como é isso
porque você está morto e talvez fantasmas não
precisem respirar
ou trair suas esposas
fantasmas talvez não sejam machos
nem fêmeas
e provavelmente são felizes

porque o inferno já passou há muito tempo
antes mesmo de chegarmos no parque de diversões
perdermos os sinais
e habitarmos os acostamentos

o smartphone que me amava

o truque da eternidade é
sempre parecer que foi ontem
o choro baixinho é nada mais
que um conceito virtual
e até os joguinhos de celulares
têm te derrotado
um a um
filhos e maridos registrados como amor
e a hesitação ao digitar uma expressão de poucas sílabas
a identidade quase apagada entre tintas e batom
a sinfonia de mensagens dos grupos
que falam sobre tudo
menos sobre como se esconder
o vale-transporte repassado para trás
e para trás
e para sempre
todas as vezes que seja necessário para
se constituir uma família
teu sotaque chama-se nó na garganta
fale comigo, abandone

virada cultural

aquela garota de quem eu sempre falava
hoje é estrangeira nas cadeiras de plástico
confusa entre as muitas barraquinhas de promoção
e as mensagens inconvenientes
mas tua expressão equivocada
também é

os editais não falam por você e os
empregos de carteira assinada não falam
por você e aquela garota

só o amor hollywoodiano
que congestiona o sinal das antenas da cidade
(o serviço de streaming para não sentir a pulsação)
com mentirinhas e beijinhos fotográficos,
é derrotado pelas tragicômicas histórias que
contamos na rodinha de amigos
de hematomas e hecatombes
por essas quatro letrinhas que por vezes se confundem com
s, *e*, *x* e *o*

os guarda-chuvas de toda a cidade te condenam
como o grande cúmplice de uma chuva

que matou a vazão e o movimento por quase 30 anos de descontentamento
machucando pessoas que nunca se viram
e eu nem sei dizer o que a saliva tem a ver com isso

o chão do centro da cidade cumprimenta
com a educação de um desconhecido
melhor que os amigos dos teus amigos
escorrendo no status da calçada
pensar o aperto de mão é contagioso
a etiqueta e as remarcações da falta de vontade
são da mesma textura
e do mesmo cumprimento
mas do teu asfalto eu conheço muito bem

umas meninas de cabelo alisado sentam na mesma mesa que eu
e elas estão em todos os lugares
no shopping/na universidade
no porta-documentos/nas canetas
nas caixas sonoras/nos bancos dos ubers
e, meu deus, mais perto do meu quarto que aquela garota
e não significa nada
falar de músicas criadas em quintais periféricos
da estética de escritores brancos mortos ou quase
da estrutura política dos ossos e das camas
quando os goles são maldosos
a ironia está nas entranhas dos celulares de última geração
América e Ásia também têm a ver com etiquetas remarcadas
e o seu espírito já desencarnou no desejo

de que caia uma mangueira no meio da cidade
parindo uma rachadura do tamanho da minha desesperança
e que simule, ainda que vagamente
o risco tremido daquele lápis de olho

automedicação

da tua anemia não me sobrou nem o tom

do teu beijo
o resto indeciso na garganta
e a pílula sob a língua

eu tenho colecionado todas as bulas dos remédios
com contraindicações que me descrevem:
uso-as como caça-palavras ou morte

às vezes esqueço a transa
que não aconteceu
muscular e derrotada
um inacabado colchete
quase parênteses
ou colchonete

mas você lembra muito bem
a estrutura das infiltrações
o entra e sai
da porta entreaberta
as idas e vindas
dos entregadores

violentamente até perder o gosto
em uma pasta suada e genitália
que também está morta

como nosso filho
estrábico
e com as perninhas tortas

sisos

aquele hiato para dizer não
lembrou o santo que nunca voltou
e a evolução chegou a pontos
equidistantes entre pequenas loucuras
lembrou também o fim
do primeiro chiclete
e tudo que te falaram em
um volume suficiente e rasgo
para que nunca pudesses te ouvir

o infinito é duro de entender
e suave para engolir

e os mesmos dentes em tua boca
que te impedem de falar
acariciam a humanidade
até ferir
eu senti meu rosto explodir uma vez
e não há nada entre os dedos
que se possa fazer
porque a mesma santidade
fumou o último cigarro
como um beijo francês

naftalina

derramam-se os gritos no escoar da cafeteira
e pelo tremor dos cabides
camisas amarrotadas
e ruína
não sei realmente se a gente chama de
concha acústica
ou caixa torácica
a gaveta da garganta onde enfiei o engasgo
e tu disseste, meu bem
que eu sou afobado
e agora confundo fácil
com o tempo em que estive afogado
as aulas de natação foram em vão
sou o clichê de se jogar de cabeça
sou a entrega de ângulos desnecessários
tal qual o paralelismo entre
crianças pobres e de classe média
estudando na mesma escola pública
uma delas não foi ensinada pelo pai
em como fazer a barba
em como se desculpar
não conhece os barbeadores descartáveis
não conhece o caminho da mercearia

mas conhece o corte
os atalhos e
costuma fingir que sabe de todo o resto
não é exceção na vila de casas invadidas
que também poderia ser um buraco
que sonha com dentes
e a gente acorda novamente
com o cheiro do antimofo
eu não posso calar o último pássaro canoro
pra ouvir fielmente o alarme do trabalho
eu não posso fechar a gaveta
cheia de descartes do meu tarô diário
os dedos encerram apenas
os pedidos de desculpas digitados
— delete é uma palavra empática —
para todos os desencontros em que escureço
julgando as horas pelos erros
nas entrevistas de emprego
a pedra que esmaga meu limo
e o verde da última cidade sagrada
é a mesma
a veia que me prende em nós
e a avenida arterial sem ti
é a mesma

em anexo a promessa de um carro
pelo disfarce da película
para subir o esquema de pirâmide
ou o elevador social de um condomínio sem pragas

de plantas vazias
porque meus baratos morrem sim
aos teus inseticidas

a incrível história da cidade que se transformou em um pássaro gigante

sempre soubemos construir arranha-céus
mas não ferir deus
o exílio tem textura de sal
mas pra que eu falasse do gosto
eu teria que enfrentar metade do conjunto habitacional
a gente andava com as mãos dadas
usando luvas cirúrgicas
o talco era a única verdade
a diferença entre fábula e piada
é muito complicada quando temos amigos
com tempo de sobra
e aqui história que eu sempre contarei
depois da festa: eu quero ir embora
isso me permite ser à prova de abandono
e dos garçons
foste pena, eu fui pena
fomos asas
contemplando esses abismos que não contemplam nada
sabemos o que isso quer dizer
somente quando os olhares sobrevoam
os postes de energia elétrica que foram violados

me devorem como sofrimento e nuvens
me devolvam como um abraço para o fim
porque do troco eu não quero mais saber
e com o bater de asas dum bicho que não sabe voar
foram paridos tremores em várias partes do mundo
e uma flor no chão de terra batida de uma rua sem saneamento
[básico
e qualquer família funcional

material escolar

os fantasmas que assombram
através da madeira, qualquer fresta
que os olhinhos tentam atravessar
têm pequenos traços
da alvenaria
que existiriam nas
revistinhas de super-heróis

e cores que não
dá pra descrever
pela inexistência da caixa de lápis
pelo astigmatismo que deturpa
as estruturas das casas
pela dicotomia do ambidestro
que utiliza os teus punhos

e acontece tudo de uma vez,
além, através e justaposto
ao desgaste do uniforme escolar
tecidos estruturais dos vultos
que correm atrás de você
no caminho mais longo pra casa

e por um momento você lembra o nome da cor
lembra dos tijolos
e de uma mesa para vencer as provas bimestrais
enquanto sua família almoça no chão

mas faminto, esquece de pintar
uma escolha

concurso público nº 001/2018

os carteiros da cidade inteira
em extinção
bem como os conselhos de mãe

e é uma desordem
pensar em levar a vida
com essas barrigas cheias de tédio
e comparações
todos esses rostos feitos
de correspondências
todos os amores não (d)escritos
por seguir em pé, em coletivos
superlotados
algumas dessas pessoas
ou a maioria
amarradas pela mesma e pequenininha fibra
que insultamos

compremos as facas
e entre punhaladas e vídeos-tutoriais
aprendemos a cortar

te decepciono
e desaprendo te enviando todos os meus dedos decepados

menos os polegares
e as cartas

O DILÚVIO ATRAVÉS DOS SIGNOS DE ÁGUA

a natureza dos múltiplos de três

o microcosmo das unhas nunca havia sido tão pequeno. me faz pensar na distância do olhar que parece um arranhão e desprezar a coletividade e a expressão "tons de cinza". I won't share you, já dizia o babaca que inventou a antítese verborrágica da arte versus o artista. afinal, existe como não ser egoísta em uma Amazônia metade incendiada, metade asfaltada? e se sobrar alguma porcentagem que caiba na ponta dos dedos, isso seria errado do ponto de vista matemático, mas tem coisas sobre eu e tu que eu realmente não acho que funcione no algoritmo da divisão com exceção da estrutura da chave. ainda sobre o egoísmo, o que era a música antes da invenção dela em 1980? era somente o barulho de ondas quebrando ao sentenciar os salões de festas que nunca poderíamos ir? eu nasci nessa época e tu nasceste 10 anos ou 10 dias depois, por isso eu não canso de falar de relógios quebrados ainda que outra pessoa já tenha falado isso. a marca da camisa tem a ver com combinação de cores opostas em uma mesa primária, quem sabe primal, então vamos combinar assim: a ignorância gramatical me impede de conhecer algumas palavras, pontuações e escrúpulos que não querem que eu me alimente porque nem tudo é sobre fome e sim sobre falar a mesma língua. tu entendes o que eu quero dizer através do paladar. eu minto o tempo todo sobre essas cadeias alimentares, sobre a minha coleção mental de discos e falo de coisas que eu não deveria pra manter meus dentes

ocupados, os gestos precisos pra esquecer das unhas e, por que não, dos arranhões novamente. porque eu não sei qual é a pronúncia correta do teu nome, qual o ônibus que passa pela rua da tua casa, teus pares de sapatos preferidos ou o desenho que eles deixariam na minha pele. a minha única verdade é a anatomia da nuca, a minha única ciência são as gengivas taxativas e o lado de fora dos relacionamentos. eu não queria que as coisas fossem somente sobre sexo, não somente sobre o formato dos teus seios que eu repito sem usar a boca ou da minha tensão que imita a curvatura das tuas mãos. poderia ser sobre as conversas pré-internet, sobre a iconoclastia dos criminosos, sobre aquele sabor rigoroso das placas de PARE; em como nós sempre estamos querendo parecer preocupados, em como nós dizemos que estamos preocupados. pagar a conta do aluguel e parecer heterossexual não são grandes problemas quando só precisamos ficar quietinhos em um canto tranquilo esperando morrer, na sala dos livros e dos dicionários manchados na parede, meio brasa, meio piche, na medida em que tua pele contrariou toda a semântica da palavra "superficial", porque quando uma pessoa está dentro, ela nunca estará fora, ainda que transborde. falando em dilatação e os cálculos teóricos do comprometimento, nós somos físicos e esses dedos
essa boca
essas palavras sempre serão do mesmo idioma
e podem nunca saber

de nenhum dia a mais de fome pra eu te devorar
ou do nascimento da primeira árvore que se recusou a queimar
porque ela mesma
era o fogo

folhinha

a foto do calendário também mostra
a densidade de um tempo
que escorre impreciso
deixa rastro
e também gruda, quase seiva
pudera ser açúcar
mas o corpo é agridoce
também fluidos
também viscos
também frutas
que não sabem se são cítricas
ou passadas
comeria dois gomos de tua tangerina
se eu não estivesse atrasado
em tuas horas propícias
em tuas mãos dedicadas
nesses anos todos em que arrancaste
minhas sementes
seculares

checklists são traiçoeiros

o e-mail antiquado
a notificação
o percurso dos dedos longe do corpo
teclados
e talvez o copo

o odor crônico da taça
a mancha

o melhor lado do colchão
a cama
porque eu queria te levar pra cama
como uma pedra
e sem nenhum tropeço
a montanha

o relevo deixado pelo espaço vazio

tu e todas
as músicas tristes da playlist
os passos distraídos entre os quartos
as gavetas incorretas
as louças reorganizadas

o ódio da cozinha
a luta de classes
o silêncio da campainha
bom dia boa tarde boa noite
o defeito

e o amor
duas ou três formas de dizer amor
antes do advento tecnológico
do corretor ortográfico
antes do acordo ortográfico
ou até mesmo antes da palavra amor
google pesquisar "amor"
é a tua cara
o risco

trap ou armadilha

o som da rádio internacional abafa
a Amazônia inteira pela manhã
uma música sobre sexo and bitches
quando ninguém está realmente disposto
o café mal passa pelo coador antigo
impede que eu pense em meus antepassados
e o dia desistiu porque a fumaça que saía
pela tua boca se confundia com nuvem dizendo
essas músicas são todas iguais
nuvens só conversam sobre chover
e é o inverno que define o sentimento de equidade
das manhãs proletárias
mas tem um sentimento afinal
de quando eu bebia pela manhã
de quando eu sabia que era manhã
mas não sabia o que era proletário
na verdade sons iguais não são um problema
você me diz te amo da mesma forma
toda vez que nos despedimos
empurrar meu corpo pra fora com um beijo
faz parte do processo de amadurecimento
de répteis e frutas tropicais
e homens quase jovens

o problema realmente é o dia anterior
e o anterior a ele
até chegar o dia que tu disseste
eu gostaria de te machucar, também
ou eu acho que vai chover
atrapalhando o pensamento contínuo
de derrubar todas as árvores do meu quintal
não acimentado
pra ecoar sexo and bitches and whatever
e minha respiração de porta em porta
o aterro é gratuito e sentimental
é a prestação que você recebe por ceder
a minha referência é
uma imagem indígena empobrecida nos catálogos de bijuterias
e o grafite que o pai do meu pai acharia de mau gosto
mas aí tu surgiste sentada na beira da cama
enquanto eu me vestia
e os trabalhadores
faziam seu trabalho de demolição
o pai do meu pai era operário e analfabeto
mas eu consegui ler a constelação de
asteriscos que delimitavam tua silhueta
mesmo tremida pela antítese sonora
das construções da cidade
teus cabelos estavam dormentes assim como
alguns de meus membros
desistindo também de cobrir muitas partes do
teu corpo que contava
toda uma história de ancestralidade

mas que me fez pensar em gerações futuras
e nas vítimas
e em todas as sementes que eu acabei
desperdiçando naquele quintal
por trás de todo o audiovisual
sobram teus pelos
e das ervas o cheiro
quando despreza perfume
e ataca todos os meus músculos
tu disseste que eu não tinha câmeras então
de onde surgiu esse retrato?
é verdade, mas os olhos são todos iguais
o homem é uma máquina que também pode ser
fotográfica
eu sou uma retroescavadeira
que procura corpos em terrenos públicos e enterra
os últimos rios que restam
é a prestação que você recebe por ceder
a sua imagem
o segredo da tua foto está bem guardado
nunca vou contar
como as parteiras da beira
dos últimos rios que restam
todo mundo sabe o que elas fazem
mas ninguém sabe o que elas fazem
não precisa contar
vou passar da minha boca para
a tua
deslizando como a escama abandonada

do réptil fluvial
e também porque não sei traduzir
as expressões idiomáticas do pop internacional
as rugas precoces da tua insatisfação
a linguagem das nuvens também é difícil de traduzir
quando tu colocas uma música do Caetano
que eu também mal entenderia
muito menos os rios

jonas

a galeria dos celulares
sempre tem cheiro de batom
imagina então toda a exposição
mas é tua a boca
a cor das letras faladas
consoantes delicadamente arpões
porém vogais que eu gostaria
que me engolissem
eu diria que seria um peixe muito grande
com saliva utilizada pela indústria de cosméticos,
mas sou mentiroso e pequeno
quando pareço submergir da tua distância,
de não saber as capas dos livros da tua estante
na medida em que a tarde vai chegando
para embaçar a textura do vidro
e aproximar o pó de arroz
das ruínas que deixas aqui
sob teus pés
e os resíduos históricos
que estruturam minhas cartilagens

o aparecimento das nuvens

você batendo em minha porta
mesmo tendo as chaves
não permite fuga
ao pronome de tratamento
é um guarda-chuva simbólico
nessa tarde tropical
úmida como já você já foi um dia
e em que tudo cai
eu decifro o tilintar das chaves
e você, o meu ranger de dentes
lojas de conveniências, postos de gasolina
inúteis sinos de igreja
lembrando a morte de um deus
e a chuva que ele insistia em praguejar
enquanto a burocracia do sofá
não abriga mais

godzilla vs mothra

hoje recebo as palavras sem peso algum
algumas viverão aqui por muito tempo
depois de um dos sete mares ter escoado
e não é a visita que vai fazer eu me esconder
a inflação destrói as cidades como
um animal pré-histórico
que esteve dormindo com um olho aberto
por milênios
mas o rei dos monstros é você
tão pesada quanto a bola de futebol
das crianças pobres
um personagem de conotações capitalistas
que vai destruindo todas as casas de madeira
junto com a vontade de comer
deixando um rastro de malícia e
brinquedos de R$1,99
é uma agressão às minhas paredes
é só o que eu permito pela porta entreaberta
na casa que eu construí com o melhor versículo do
apocalipse
um eufemismo para destroços
uma piada empoeirada
guardada para os espaços de constrangimento

que alguns chamam de área de serviço
é menos burocrático não ter medo da lua
quando já não existe nenhum edifício
e falar com os mortos
mesmo com tua respiração embaçando meus óculos
e as linhas dos contratos
eu aceito a fumaça dos escapamentos
como os ventos problemáticos
saídos das asas de mariposas
e que transformam as crianças em pólen

sorrindo na porta do inferno (metropolitano)

um monte de piche pelas artérias
a dor descrita em saudações
e alguns breves contatos
os vizinhos sabem sobre tudo
como se não fosse essa a única opção
não adianta idealizar o design
do copo americano
ele é perfeito como a função do fígado
como a rachadura do lábio
e a estrutura das casas populares
você não me viu desmoronar
não viu a beleza da queda
não viu os moradores construindo lombadas destruidoras
esqueceu de olhar minhas costas
e o resto de pele que sobra do horário comercial
toda aquela poeira desejando ser deserto
todos os destroços do meu apartamento financiado
com corpos e amor soterrados
restaram umas roupas íntimas
(aquela sem tirar)
e o aparelho de som,
tocando aquela música em um repeat A-B
porque eu só gosto de uma parte de ti

uma sincronia que diz respeito
ao ir e vir
das saídas de incêndio
ou até mesmo sobre a forma como
a porta se fecha
o ranger da dobradiça
do quarto e do apartamento queimando
a população do conjunto habitacional destruiu o capitalismo
com os pneus descartados pelos estacionamentos
e finalmente a estradas de chegada
porque eu mesmo não conseguiria uma paixão maior
rindo rindo rindo rindo tentando
desfazer a ruga trincada
democraticamente

terminais de integração

o endereço ainda está impecável
como aqueles retratos pintados de antepassados
as mãos delineadoras das avós
mantêm a estrutura dos bairros condenados
com as articulações que se movimentam
através de inchaço
e os mesmos retratos
essa rotina escorre pelas rugas do meu cérebro
os rodoviários já desistiram
porque eles já passaram por esse lugar

e na nossa primeira volta
inutilizamos as carteirinhas de meia passagem
e desprezando todos os polos
a poeira dos sindicatos
e a violação do teu CEP
eu ri de todos os carros
que não lembravam do batente da tua casa
mas a vontade de dormir nessa viagem
era maior do que um metro e setenta
naquelas horas tão agoniantes

eu menti sobre a eternidade
para aproveitarmos o vento que não sopra
olhando pela janela

o grande teatro grego

pouco antes da cortina fui surpreso por um
deus ex machina
ele nem sabia meu nome
mas lembrou dos prejuízos
do sabor do tira-gosto
junto com a conta do barzinho que você
deixou com mais solitária das televisões
ele nem sabia meu nome
e você nunca se expõe
sua imagem é turva
um aquário de pequenos corpos
imersos em suor ou álcool
e por pensar por dois ou mais
o esquecimento atrofiou minhas mãos
assim as pessoas desaprendem a respirar:
já pode dar um sentido a tudo
isso

gibi

e na modernidade de escolhas
entre as roupas do armário e viver

deveria ter mais de um número
nas minhas chamadas perdidas
e mais pulsações sobre esse colchão amargo
mas a gente sabe que a doçura é doentia

mais pessoas batalhando em nossa última guerra
o trânsito impediu que a gente chegasse lá

o tempo-espaço só permite que você me leia nessas
condições

cabeças aprisionadas em capacetes
cruzando a realidade de janelas ou
num choque contra o chão
para chegar a tempo da entrega

menos avisos e
mais cinzeiros apanhando as cinzas do teu morto
sob a esquálida incerteza de um bolso
em que não cabe eu e você

rascunhe isso e sopre pra longe
os restos de grafite
que mancharão dois dias para ser feliz

lembramos a página nº 2

nas mãos esterilizadas de um colecionador

burger queen

parecia fácil me trair
inseguranças de shopping anunciavam tua chegada
quando o único jeito de me defender era
a textura da minha barriga
apanhando 44 horas por semana
minhas camisas de botão que ainda continuam
se aglomerando nas festas
à procura de um corpo melhor
e a cicatriz na minha conta bancária
digamos que é consequência
uma região onde brotam artistas
e eu sou só um técnico
um operador de computador em uma cidade
que teima em viver de música
a arte imita a vida e a vida imita
o som do despertador que eu abafo pra que você não acorde
as suas próprias sirenes

toda aquela conversa sobre como minhas mãos são estéreis
me deixa triste por ter parado de fumar
somente pra te dar um fôlego
quando as suas conhecem mais pessoas do que eu imaginava
a culpa é da digitação

o castelinho construído pelo hábito
pareceu um símbolo de vitória
e depois que você foi
te olhar de costas também me pareceu vitorioso
mesmo odiando jogos
e confundindo o que é guerra e o que é luta
coisa que acaba com minha estrutura óssea
a sobrevivência nada tem a ver com alimento
e sim com sabor

o país está devastado como eu nunca tinha visto
o sertão virou deserto
o sertão é o país
e o mar que se exploda porque eu não aguento mais beber
as coisas nunca chegam mesmo por aqui
as mãos estão ocupadas
a região norte está excluída de toda entrega
principalmente emocional
tuas cartas nunca chegariam, só o armagedom
mas não se atreva a chamar minha cidade de
fim de mundo

e mesmo estando refém dos ar-condicionados
e você insiste em deitar sem roupa
esse egoísmo me comove tanto
e o distanciamento me pareceu mais humano
do que a etiqueta que enfeitava a sala
do que falar sobre a relação ao telefone
e resumir o amor às refeições

a culpa é da digitação
porque se me jogam ovos
eu prefiro passar fome
ficar sentado à mesa por alguns dias
e me divertir
brincando com a comida
porque talvez eu já esteja morto também
negligenciando a limpeza das louças
do meu nome para os nossos amigos
e para as empresas de crédito pessoal

é só lembrar de um zumbi cinematográfico
e do porquê de eles estarem famintos
é só medir pelo rastro de poeira na casa
se seus dedos ainda existirem
e realmente assistir ao primeiro telejornal
pra se sentir um pouco melhor
porque ele não te abandona
e comove tanto quanto o egoísmo
antes da contagem regressiva
de vestir as roupas do trabalho
e não desmoronar junto com o Brasil
na frente da folha de ponto ou
da comida das praças de alimentação

lembrando quando você levantou ao se despedir
pedindo pra eu olhar se você não estava suja

jackson pollock

pinta minha decadência com tuas mãos nuas
e corpo

cospe em minha boca tua saliva debruçada
e translúcida

respinga-te

o dia em que tentaram me explicar freud

eu previ a maioria das situações
como ilusões e entradas triunfais
ou dor e saídas decadentes
apesar do meu comportamento estatístico
o medo do senso, o medo das testemunhas
o silêncio diz muito sobre os vizinhos
ao ouvir aquelas três batidas na porta
as duas primeiras, pulsões já conhecidas:
palrando
desculpa por conseguir
somente explicar com essa palavra ridícula
porque a terceira
é quase uma hipótese inconcebível
produção musical e
eletromagnética como a pulsação artificial
oferecida a uma artéria morta
fenômeno automático da estranha demanda
de corpos e fluidos
em um sistema econômico falido
mas isso tudo é muito acadêmico
como o que sempre te atraiu

o angelim se partiu como diriam que nunca acontecera
eu nunca soube descrever fechaduras
é uma bagunça que nunca há de ser reparada
laços que amarram sacos de lixo
ainda sim são laços
e todas essas pessoas que não têm escolha
ou como se não tivessem
coisas como casa
cartão de débito
plano de saúde
carne no refrigerador
(ou o próprio refrigerador)
apenas os olhos são mágicos
e a antiga habilidade de murmurar

nas tuas noites eu não durmo,
mas esse pernoite é o nosso zeitgeist
eu já não quero mais lembrar do silêncio
ou das coisas que poderiam ser ditas
pelo meu corpo
nunca amanhecerá neste apartamento
apenas os motéis servem café da manhã

hotel misti

apelido a distância de irreconhecível
em meu quintal
onde o tempo passa despercebido
mesmo que eu passe dias contando
garrafas vazias e caixas de remédios
mesmo que ele seja minúsculo ao ponto
de uma pessoa não conseguir entrar
com os dois olhos abertos
eu te observo
um território que define
a existência da cartografia
antes mesmo dos satélites
e da fabricação de multimilionários
no vale do silício
e através da tua pele
vezes transparente, vezes grafite
percorro todo percurso
de tuas artérias
com uma só das lentes
ou uma só das telas
e meu desejo
que poderia parecer com aquela música
do Leonard Cohen

mas não foi dessa vez que eu
teria uma história pra contar além do
testemunho de cidades
recriadas sob a tua sombra
e rio
que deságua escorrido de minha boca
até os teus abismos
onde peço
trampolim

o que dizem sobre cachorros velhos

aquela língua de um silvo atraente
e saliente derrotando as arcadas
gosta de fugir pela risada
e lembra uma pequena rês
ou cabrito exótico
que penetra a morte com a malícia
invulnerável ao latifúndio
os pastos estão devastados
e não há nenhuma esperança para o homem do campo
mas isso tudo é sobre mim
sobre arame e propriedade privada
e sobre como a má administração invalidou minha alma
metade da floresta me condena
e uma outra parte está preocupada em ofegar
nem me fale sobre o luar
sob essa luz fraca é que a minha silhueta
é carregada e sem postura
entregue à brincadeira de sombras outrora amaldiçoada
(segundo o que acreditavam nossas mães)
confesso que parece um bonito cão pastor
semi adestrado
simulado por 4 mãos
e acho que também acredito nessa maldição

mercado antigo, novos sistemas econômicos

as balanças de precisão foram todas destruídas
não existem mais pesos nem medidas
somente a contagem do troco
somente a chantagem pedinte

a água respira
o peixe
o ambulante transborda
escolhemos o lado mais fotogênico do copo
e detrás, o horizonte antagoniza
a nitidez
(se havia)

a cidade de Belém do Pará habita à pouca sombra
de translações tempestuosas como as tuas

no ato de ser três da tarde
e na vontade entre o calçar de sapatos e a porta
alguém hesita

na saída do bloquinho

a mulher mais triste de uma cidade cheia de esperança
e cartazes de boas-vindas
tem teu nome
e o teu rosto
mas não é você
isso resume a natureza de todas
as festas de rua
porque eu espero a tua chegada
até o último cristo da estação rodoviária
e ela está passando agora
entre mim e aquela avenida
que juntos tínhamos decidido não dobrar
fazendo esquina

a mulher mais triste da cidade
ao me acordar de um bruxismo que destruiu
minhas gengivas
e teus sonhos
tem muitos martelos
para poucos faquires
e meus muitos colchões que nunca poderão ser inflados
com teu hálito
eu durmo em todos ao mesmo tempo

e tuas sósias me alimentam de serpentina
e se fantasiam em um carnaval de você
aquela máscara com uma pequena
lágrima
tem o teu rosto
e o teu nome
a etiqueta de preço que compôs minha falência
o cheiro de borracha que eu nunca esqueci
e ainda assim não é você

as escolas estão fechadas
e não se pode mais aprender a diferença
entre os feriados e os dias santos
não se pode mais aprender a diferença
entre ebulição e calor humano
não se pode mais aprender a diferença
porque vocês são iguais
e a multidão é uma só de ti
para que ela desapareça

a mulher mais triste da cidade
passou pela minha porta sem bater
e entrou na casa errada
fugindo da folia
talvez eu não seja o único com uma visão ruim
mas sou aquele que troca todos os nomes
por meu amor
e esses substantivos também fugiram
enciumados

e os que sobraram
confeccionaram
um novo cartaz

sexo casual

tive problemas para te reconhecer
desenhei tua foto 3x4
naquele resto de pele
entre as unhas
um jogo sujo
contra a higiene do
matrimônio
teu miocárdio serial killer
impune dentro de um charme
do tamanho do meu hímen
imaginário
porque todo o beijo
deveria ser de olhos fechados
ou estragos
mas você não lembrou

pera

todo o calor é da noite
e dos postes de energia elétrica
o diabo anda calçado
com tuas sapatilhas de pano
a cidade é fielmente descrita
pelo transporte alternativo
e só temos a decifrar o último gole
os pais são os últimos a saber
o que se passa nos corredores
e nas escadas
a única herança são as prestações
e uma boca seca
que a gente nem quer
é a desolação da fumaça
do cigarro a retalho
e do ambulante
é a vontade que eu guardo
de sugar todo esse suco
de carne
com canudos de concessões
e dentes
que se exibirão impunes
diante da vastidão das florestas

das calotas polares
ou da feirinha de artesanato
teus brincos embaixo da cama
da microvivência no quarto
de um apartamento deixado pra trás
e que agora definha
sem reclamação do condomínio
diminuindo cada vez mais
até se tornar aquele mísero ponto
sem dimensões
sem um par para traçar
uma reta
uma linha de palma de mão
mas que por um momento quase vago
cortado por um pedaço do espelho retrovisor
lembra o sinal estático e
violento que descobrimos ao lado de seu mamilo
(esquerdo)

taurina

para quem uma vez disse que o amor morreu
acordamos bem-dispostos

mesmo com as palavras de ontem penduradas
na beira da cama
mesmo com o sol rasgando
discretamente a cortina

o odor fala sobre o mundo inteiro que abandonamos

e a água da geladeira não esquecerá de nós

pórtico metrópole

a manhã ameaça a passarela intermunicipal
olho através do fluxo de pessoas em movimento
é sólido, ritmado
uma espécie de onda pálida buscando cor
aquele barulhinho destruidor
dos ponteiros de um relógio
no silêncio de tua casa
e por um momento ligeiro e igualmente sem som
você percebe amor
ou alguma coisa semelhante que não se pode descrever
devido à velocidade do fluxo
(escadas rolantes que não voltam)
você agarra o celular como uma âncora
na digitação navegante, os dedos são de pedra
e respira fundo
aquele momento enfumaçado
que já não é madrugada áspera
ou a vitória do capital
é estar semiacordado
as terminações nervosas dos ossos reivindicam
seu direito de sentar
os fios de cabelos tremem
mesmo insensíveis ao frio da manhã de trabalho

reconhecendo a única partícula fluorescente,
ainda do outro lado da cidade
e sem amanhecer

o princípio das lâmpadas elétricas

o amor começa pela boca
em amperes atravessa os fios e os pelos de cobre
as mãos dadas em gotas de prata
e termina em lençóis manchados
mas não como um fim
é um círculo com o diâmetro de uma visão periférica
mirando a imaterialidade
o espírito não pode ajustar relógios digitais
e ano-luz não deveria ser uma medida de distância
nesse ponto cego entre a escuridão que habita meu quarto
e você, que sobretudo,
o incendeia

cheiro de açúcar

e eu já não consigo terminar as histórias que começo a contar,
mas isso não interessa tanto diante da frontalidade da mesa
muito menos pra tua vontade de testar
a flexibilidade dos meus maxilares
são palavras soltas como os cumprimentos naquelas vielas de poucos olhos, porque as únicas cordas que existem são as que me fixaram na cadeira

e mesmo desconfiando dos talheres, eu encarei a noite com todos os outros órgãos que não estavam nas tuas mãos

ultrapassar o preenchimento dos formulários
recriar o próprio gosto do dilúvio
e a textura do deserto são o teu melhor e os signos de água
sentem a necessidade mais básica dos seres humanos que pisam em concreto, mesmo estando anos à deriva
a capacidade das taças e o escoamento das pias eram as únicas testemunhas que poderiam confirmar minha situação

existe uma cultura de desprezar as sobremesas, porque as pessoas querem se nutrir de mais, querem sentir o sal dos mares, querem sentir o aroma esquecido nas gavetas
e o açúcar sempre fora catastrófico

eu, pelo menos, atravessei metade da cidade pra entender como funcionaria o estalar dos teus dedos e tu,
apenas pagaste pra ver

os truques todos nós já sabemos
mas as conversas repetidas não, porque é o que sobra
essa palavra enfrenta o desperdício e eu também luto
as coleções variadas, as figurinhas premiadas
e meus amigos rindo por trás das máscaras sociais
que são proteção para que eles não morram
pelas minhas próprias mãos,
são a distração necessária para parar de pensar nos centímetros
que eu dedicaria pra te convencer

eu já estive bêbado e não é sobre isso
é o movimento irregular de certas estrelas
é a cor da luz quase verde
do farol inexistente por trás da tua cabeça
como aquelas histórias dos anos 20
em que as pessoas queriam ser algo que não são
porque mentir pra si mesmo é mais doce e o amargor da minha
pele contrasta com as tuas mãos cheias de formigas

as garrafas de vinho que retratam entre si
a estatística das adolescências problemáticas
e de cada um dos pais de família do país que esqueceram desse título
estão rindo agora, mas não têm muito mais a dizer, como eu
porque eu ainda não consigo terminar uma história e elas estão

vazias apesar de seus rótulos falarem sobre os dois segundos
que pensamos e hesitamos antes de calarmos as palavras em
português

o jeito que as tuas pernas enfrentaram as fendas para chegar até
meu corpo foi muito corajoso
muito mais corajoso do que a capacidade de evaporação da água,
muito mais corajoso do que os ventos que levaram tudo embora
tem a ver com alguns astros ou movimentos lunares
os quais não acreditamos para além da nossa própria cinesia
porque nessa cidade em que não existem meios-termos,
nessa cidade em que tudo flutua
a água nunca cabe em um copo, uma brisa nunca é realmente
uma brisa, dizer "até mais" tem muito mais a ver com subtração

e eu nunca seria aquele que emerge para sempre

mas é normal que as coisas terminem em algum momento, é mais
comum do que permanecer pulsando
tudo que não é urgente apenas pede pra morrer
ninguém aguenta o barulho do tic-tac, mas a gente deveria saber
que tempo é tudo que a gente tem
e com essa morte, vem a capacidade fantasmagórica de se tornar
intangível e invisível
mas ainda assim deixar um rastro de aroma milenar
que nem grande parte das brisas fluviais conseguirão levar com
sua inveja

apenas os seguranças dos complexos turísticos
podem te impedir de sentir isso
porque esses lugares estão cobrando muito dinheiro
ou a melhor parte da tua alma
por um pouco dessa mesma fragrância

love in watercolor

desaguando o amor
desacelera-se o tempo dos relógios
frágeis
e as frustrações
serão apenas um embaço
para desenharmos sobre
e com dedos similares
nossa explicação sobre a cor
transparente

derrama toda a minha água
mas me deixe que te seque

fun fact: até o momento da finalização desse poema, foi contabilizado um número de aproximadamente 35 milhões de pessoas que não teriam acesso à água potável no Brasil.

* * *

■ primeira edição
■ outubro de 2021